Un amour de Nicolas!

Texte de Gilles Tibo   Illustrations de Bruno St-Aubin

Éditions
SCHOLASTIC

Catalogage avant publication de Bibliothèque et Archives Canada

Tibo, Gilles, 1951-
Un amour de Nicolas! / Gilles Tibo ; illustrations de Bruno St-Aubin.

Niveau d'intérêt selon l'âge: Pour les 4-7 ans.

ISBN 978-0-545-99571-9

I. St-Aubin, Bruno II. Titre.

PS8589.I26A843 2008   jC843'.54   C2008-903662-X

Édition publiée par les Éditions Scholastic, 604, rue King Ouest, Toronto (Ontario) M5V 1E1

5 4 3 2 1   Imprimé au Canada   08 09 10 11 12

Les illustrations de ce livre ont été faites à l'aquarelle sur papier Arches.
Le texte est composé avec la police de caractères Boracho Regular.

Sources Mixtes
Groupe de produits issu de forêts bien
gérées et d'autres sources contrôlées.
www.fsc.org Cert no. COC-1271
© 1996 Forest Stewardship Council
FSC

À Jérémy Beauvais,
champion de hockey «cosom»

Gilles Tibo

À Carole

Bruno St-Aubin

Aujourd'hui, il fait beau. Il fait chaud. Je me promène à vélo devant la maison. Mais je n'ai pas donné dix coups de pédales que je rencontre la jolie Julie. Elle me dit, complètement découragée :

— Nicolas! Nicolas! Mon chat s'est enfui. Il est dans l'arbre et refuse de descendre!

Je dis à la jolie Julie :

— Attends-moi une minute! Je reviens tout de suite!

En vitesse, je rentre à la maison. Je fouille dans le sous-sol, dans le garage, dans la remise. Sur mon vélo, je reviens avec un escabeau, un lasso, un filet à papillons et des boîtes de carton...

Je grimpe dans l'arbre. Je me faufile entre les branches en appelant : Minou, minou, minou... Finalement, après une heure de vaines tentatives, j'attrape le chat avec le filet à papillons.

Une fois descendu, je dépose le chat dans les bras de la jolie Julie. Et là, SMACK! Elle me remercie en me donnant un gros bisou sur la joue. C'est doux, c'est chaud, et c'est tout! Je m'essuie la joue et je m'éloigne en pédalant.

Quelques minutes plus tard, je rencontre la belle Isabelle qui me dit en pleurnichant :

— Nicolas! Nicolas! Ma clé est tombée dans l'égoût. Je ne peux pas rentrer chez moi. Mes parents vont me gronder!

Je dis à la belle Isabelle :

— Attends-moi une minute! Je reviens tout de suite!

En vitesse, je rentre chez moi. Je fouille dans les tiroirs, les boîtes, les armoires. Je reviens avec un petit aimant et une longue ficelle.

J'attache l'aimant au bout de la ficelle et je le laisse descendre au fond du trou. Je remonte des pièces de monnaie, des clous rouillés, des ustensiles et, enfin, la clé tant recherchée.

La belle Isabelle est si heureuse que SMACK! SMACK! Elle me donne deux bisous sur les joues. C'est doux, c'est chaud, et c'est tout! Je m'essuie les joues et je m'éloigne en pédalant.

Un peu plus loin, j'aperçois la coquette Juliette qui
regarde vers le ciel. En me voyant approcher, elle me dit :
— Nicolas! Nicolas! Mon ballon est tombé sur le toit!

Je dis à la coquette Juliette :
— Attends une minute, il faut que je réfléchisse.

Après soixante secondes de réflexion, je me mets debout sur la selle de mon vélo. Je bondis sur la clôture et, en grimpant comme un singe, je me retrouve sur le toit du garage.

Aussitôt redescendu avec le ballon, SMACK!
SMACK! SMACK! La coquette Juliette me donne
trois bisous sur les joues. C'est doux, c'est chaud,
et c'est tout! Je m'essuie les joues et je m'éloigne
en pédalant.

Un peu plus loin, au bout de la rue, je rencontre
la magnifique Dominique. Une roue de sa voiturette
vient de se casser. Je dis à la magnifique Dominique :
— Attends-moi une minute! Je reviens tout de suite!

En vitesse, je rentre chez moi. Je fouille dans les coffres à outils de mon père, puis je reviens armé de broches, de pinces, de tournevis et de tuyaux de toutes sortes.

20

En deux temps trois mouvements, je répare
la voiturette de la magnifique Dominique. SMACK!
SMACK! SMACK! SMACK! Elle est tellement
heureuse qu'elle me donne quatre bisous sur les joues.
C'est doux, c'est chaud, et c'est tout! Je m'essuie
les joues et je m'éloigne en pédalant...

Un peu plus loin, sur la piste qui mène au parc,
je roule en compagnie de la splendide Mathilde, la fille
la plus époustouflante de l'école. Mais soudain, PAF!
Le pneu arrière de son vélo éclate en mille morceaux.

Je dis à la splendide Mathilde :
— Attends-moi une minute! Je reviens tout de suite!

En vitesse, je rentre chez moi. Je fouille dans
la pharmacie, dans les placards et dans la trousse
de premiers soins. Je reviens les bras chargés
de sparadrap, de pansements, de papier collant et
de colles de toutes sortes.

Avec mille précautions, je répare le pneu du vélo de la splendide Mathilde sans me coller les doigts. SMACK! SMACK! SMACK! SMACK! SMACK! Elle est si reconnaissante qu'elle me saute au cou et me donne cinq bisous sur les joues.

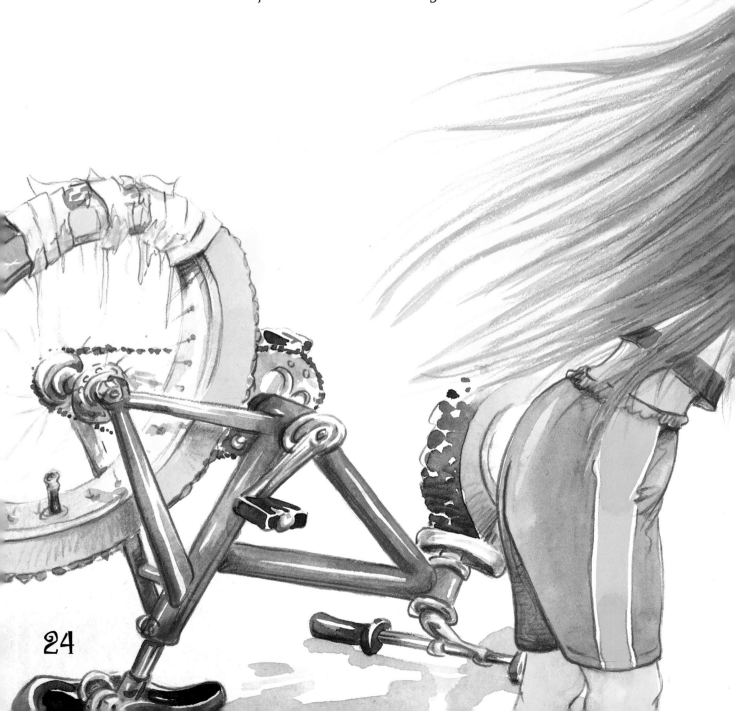

C'est doux, c'est chaud, et c'est tout! Je m'essuie
les joues et je m'éloigne en pédalant.

Je me rends jusqu'au parc. J'aperçois la petite Chloé, la fille la plus timide de l'école, qui se balance sous les arbres. Lorsqu'elle me voit, elle s'écrie :

— Nicolas! Nicolas! Veux-tu me pousser le plus haut possible?

Je me place derrière Chloé. Je la pousse le plus haut possible. Elle monte jusqu'au ciel puis elle redescend en criant YAHOUUUU! Elle me sourit de toutes ses dents. Le soleil illumine ses cheveux. Ses taches de rousseur brillent sur son visage... On croirait que le bleu du ciel s'est caché dans ses yeux!

Je la pousse de plus en plus fort. Chaque fois qu'elle crie de joie, mon cœur s'emplit de bonheur.

Ensuite, Chloé et moi, nous nous balançons tous les deux sur la même balançoire. Le bout de nos orteils touchent les nuages...

Avant de partir, Chloé s'approche, ferme les yeux et me donne un tout petit bisou de rien du tout. SMACKOU…

C'est doux, c'est chaud, c'est formidable! Je rougis de la tête aux pieds. Les genoux tout mous, je ne suis plus capable de pédaler...